VENTE A. MÉRY

TABLEAUX

ET

AQUARELLES

HOTEL DROUOT, SALLE N° 5

Le Jeudi 10 Mars 1881

A DEUX HEURES PRÉCISES

<table>
<tr><td>Mᵉ ESCRIBE
COMMISSAIRE-PRISEUR
6, rue de Hanovre, 6</td><td>M. HARO, peintre-expert
CHEVALIER DE LA LÉGION D'HONNEUR
14, rue Visconti, et rue Bonaparte, 20</td></tr>
</table>

1881

CATALOGUE

DES

TABLEAUX

ET

AQUARELLES

PAR

A. MÉRY

VENTE HOTEL DROUOT, SALLE N° 5

A DEUX HEURES PRÉCISES

Le Jeudi 10 Mars 1881

EXPOSITION LE MERCREDI 9 MARS 1881

DE UNE HEURE A CINQ HEURES

M° ESCRIBE
COMMISSAIRE-PRISEUR
6, rue de Hanovre, 6

M. HARO, peintre-expert
CHEVALIER DE LA LÉGION D'HONNEUR
14, rue Visconti, et rue Bonaparte, 20

CONDITIONS DE LA VENTE

Elle sera faite au comptant.

Les acquéreurs payeront *cinq pour cent* en plus du prix d'adjudication.

TABLEAUX

DÉSIGNATION

TABLEAUX

1. — Alerte.

H., 0^m,41. L., 0^m,32.

2. — Les Intrus.

H., 0^m,47. L., 0^m,31.

3. — Intérieur de cour avec lapins.

H., 0^m,27. L., 0^m,46.

4. — Pêcheur de Grenouilles.

H., 0^m,41. L., 0^m,28.

5. — Poules et Poussins.

H., 0^m,41. L., 0^m,32.

6. — Course aux Canards.

H., 0ᵐ,16. L., 0ᵐ,21.

7. — Le Nid démoli.

H., 0ᵐ,46. L., 0ᵐ,56.

8. — L'Inconnu.

H., 0ᵐ,27. L., 0ᵐ,41.

9. — Dans le Verger.

H., 0ᵐ,41. L., 0ᵐ,27.

10. — Un Solliciteur.

H., 0ᵐ,32. L., 0ᵐ,46.

11. — Voilà l'ennemi !

H., 0ᵐ,46. L., 0ᵐ,32.

12. — La Gourmandise punie.

H., 0ᵐ,41. L., 0ᵐ,57.

13. — Rappel.

H., 0ᵐ,57. L., 0ᵐ,31.

14. — Prise de bec.

H., 0^m,46. L., 0^m,38.

15. — La Soif.

H., 0^m,46. L., 0^m,38.

16. — La Pluie.

H., 0^m,32. L., 0^m,41.

17. — La Fête de Bougival.

H., 0^m,36. L., 0^m,48.

18. — Le Mât de Cocagne; fête de Chatou.

H., 0^m,40. L., 0^m,27.

19. — Le Repas interrompu.

H., 0^m,37. L., 0^m,40.

20. — Inondation à Bougival : quai de Mesme.

H., 0^m,32. L., 0^m,42.

21. — Inondation de 1876; Mont-Valérien.

H., 0^m,23. L., 0^m,41.

22. — Un Buisson de roses; au fond du clos.

H., 0^m,41. L., 0^m,23.

23. — Chacun pour soi !

H., 0^m,90. L., 0^m,117.

24. — Intervention.

H., 0^m,71. L., 0^m,108.

25. — Au Chat !

H., 0^m,30. L., 0^m,48.

26. — Le Cerisier.

H., 0^m,29. L., 0^m,40.

27. — Clos fleuri.

H., 0^m,32. L., 0^m,49.

28. — Les Baigneurs.

H., 0^m,37. L., 0^m,47.

29. — La Joute à Bougival.

H., 0^m,38. L., 0^m,56.

30. — Beaucoup de bruit pour rien.

H., 0^m,81. L., 0^m,65.

31. — Coq combattant.

H., 0^m,60. L., 0^m,73.

32. — Poules, Corbeaux, etc. : Études.

H., 0^m,40. L., 0^m,55.

33. — Coqs, Poules, Moineaux, etc. : Études.

H., 0^m,42. L., 0^m,80.

34. — Fauvettes, Pinsons, etc. : Etudes.

H., 0^m,54. L., 0^m,60.

AQUARELLES

GOUACHES

AQUARELLES

GOUACHES

35. — Intérieur d'atelier.

H., 0ᵐ,31. L., 0ᵐ,48

36. — Vue prise au haras de Chatou.

H., 0ᵐ,28. L., 0ᵐ,44.

37. — Roses de Bengale et Mouches.

H., 0ᵐ,38. L., 0ᵐ,31.

38. — Le Chant du Coq.

H.. 0ᵐ,44. L., 0ᵐ,28.

39. — Ruelle de la Croix-aux-Vents : Bougival.

H., 0ᵐ,25. L., 0ᵐ,39.

40. — Le Lit du Suzon à Messigny (Côte-d'Or).

H., 0ᵐ,26. L., 0ᵐ,43.

41. — Intérieur de cour à Messigny (Côte-d'Or).

H., 0ᵐ,30. L., 0ᵐ,47.

42. — L'Heure du Repas.

H., 0ᵐ,26. L., 0ᵐ,42.

43. — Dans l'Ile de la Chaussée, Bougival.

H., 0ᵐ,28. L., 0ᵐ,46.

44. — Intérieur de cour.

H., 0ᵐ,29. L., 0ᵐ,47.

45. — Fossés du Château de Maisons.

H., 0ᵐ,21. L., 0ᵐ,36

46. — Pigeons dans un Jardin.

H., 0ᵐ,48. L., 0ᵐ,29.

47. — La Norge à Brettigny (Côte-d'Or).

H., 0ᵐ,26. L., 0ᵐ,43.

48. — Un Moulin sur le Suzon; Messigny.

H., 0ᵐ,26. L., 0ᵐ,43.

49. — Intérieur de cour : Effet de neige.

H., 0^m,47. L., 0^m,30.

50. — Un Pressoir en Bourgogne.

H., 0^m,26. L., 0^m,42.

51. — Ile de la Chaussée de Bougival ; inondations de 1872.

H., 0^m,25. L., 0^m,42.

52. — Un Meurtre !

H., 0^m,48. L., 0^m,33.

53. — Dans l'Ile de Croissy.

H., 0^m,21. L., 0^m,35.

54. — Entrée de Ruelle à Bougival.

H., 0^m,47. L., 0^m,28.

55. — Ile de Croissy.

H., 0^m,55. L., 0^m,31.

56. — Le Pigeonnier.

H., 0^m,48. L., 0^m,28.

57. — Dans un Jardin.

H., 0^m,44. L., 0^m,26.

58. — Les Pillards.

Salon de 1872.

H., 0^m,99. L., 0^m,54.

59. — Une Laveuse : Bougival.

H., 0^m,30. L., 0^m,47.

60. — Un abattis d'arbres : Ile de Croissy.

Salon de 1880.

H., 0^m,37. L., 0^m,45.

61. — Dans mon Jardin.

Salon de 1880.

H., 0^m,37. L., 0^m,45.

62. — La Plaine de Rueil à la Jonchère ; inondations de 1876.

H., 0^m,26. L., 0^m,43

63. — Les Hirondelles au départ.

H., 0^m,30. L., 0^m,48.

PARIS. — IMPRIMERIE ÉMILE MARTINET, RUE MIGNON, 2